1904 – Novembre – 28 –

VENTE

des

28, 29, 30 Novembre 1904

HOTEL DROUOT, SALLE N° 8

après décès

par suite d'acceptation bénéficiaire

COLLECTION GERMAIN HÉDIARD

ORDRE DES VACATIONS :

Le Lundi	28 Novembre,	1re Partie :	Œuvres de Fantin-Latour.
Le Mardi	29 — ,	2e Partie :	Nos 1 à 275.
Le Mercredi	30 — ,	— :	Nos 276 a 513.

Me HENRI SAULPIC — M. LOYS DELTEIL

FRAZIER-SOYE
IMPRIMEUR
PARIS
153, RUE
MONTMARTRE.

COLLECTION GERMAIN HÉDIARD

(1re Partie)

N° 66 du Catalogue.

ŒUVRE

DE

FANTIN-LATOUR

Me SAULPIC. — M. LOYS DELTEIL

1904

CATALOGUE

DE

l'Œuvre Lithographique

DE

H. FANTIN-LATOUR

formé par

Germain HÉDIARD

et

dont la vente, après décès, par suite d'acceptation bénéficiaire

aura lieu

à Paris, HOTEL DROUOT, Salle N° 8

Le Lundi 28 Novembre 1904, à 2 heures précises

Par le Ministère de Me SAULPIC
COMMISSAIRE-PRISEUR
69, rue Sainte-Anne

Assisté de M. LOYS DELTEIL, Artiste-Graveur, Expert
22, rue des Bons-Enfants

CONDITIONS DE LA VENTE

Elle sera faite au comptant.

Les acquéreurs paieront *dix pour cent* en sus des prix d'adjudication.

M. Loys Delteil remplira les commissions que voudront bien lui confier les amateurs ne pouvant y assister.

MM. les amateurs pourront visiter la collection, 22, *rue des Bons-Enfants, les vendredi 18, samedi 19, lundi 21, mardi 22 et mercredi 23 novembre, de 10 heures à 4 heures.*

COLLECTION G. HÉDIARD

2e Partie

(Mardi 29 et mercredi 30 novembre 1904)

Lithographies et eaux-fortes : œuvres de Corot, Daubigny, Delacroix, Decamps, Huet, Hervier, Isabey, Rodin, etc.

Clichés-verre. — Dessins.

La mort prématurée de Germain Hédiard est un deuil pour l'iconographie, et ce serait par trop méconnaître l'intérêt et la valeur des études qu'il a écrites, que de ne pas rappeler brièvement, en tête des catalogues de ses collections, ce que fut l'homme, ce qu'est son œuvre.

L'homme, que nous avons connu, était à la fois instruit, critique avisé et scrupuleux, homme de goût et de méthode, modeste, réservé, craintif même, ayant horreur de la moindre réclame, fut-elle légitimement acquise ; aussi ce sentiment d'extrême modestie dont G. Hédiard ne se départit jamais, et qu'il possédait dès son adolescence, nous disait l'un de ses plus vieux amis, ne le laissa que peu connaître, et dans la plupart des endroits où l'appelaient sa passion pour l'estampe, l'on ignorait jusqu'à son nom.

Né à Sens, le 2 mars 1852, Germain Hédiard après avoir remporté des succès au collège de sa ville natale, couronna sa vie scolaire par le prix d'honneur de philosophie au concours de l'Académie de Dijon, en 1870 ; il n'avait alors que dix-huit ans.

L'année suivante, il vint à Paris, passa sa thèse de licence en 1874 et celle du doctorat en 1878. Entre temps, G. Hédiard était entré dans une étude d'avoué et bien qu'inscrit comme stagiaire à la Cour d'appel de Paris en 1876 et en dépit de sa compréhension délicate des choses du droit et son intelligence des subtilités de la procédure dont il fit montre en divers cas, il ne suivit pas la carrière du barreau ; ses opinions profondément religieuses furent le principal obstacle.

D'ailleurs, involontairement peut-être, Germain Hédiard se sentait entraîné dans une toute autre direction ; à la suite de voyages en Angleterre et surtout en Belgique, Hollande, Allemagne, Autriche et Italie, G. Hédiard s'était épris d'art ; mais avant tout, soucieux de l'exactitude et désireux de connaître à fond tout sujet qu'il voulait traiter, il se limita, se confina aux études sur la lithographie, — ce beau moyen de peintre dédaigné il y a vingt ans — et commença une série de remarquables travaux, sur l'époque romantique en particulier.

C'est alors qu'à côté d'études très intéressantes et d'un sens critique très fin, sur Charlet — ce méconnu — sur Horace Vernet, sur Bonington, sur Decamps (1), *il dressa avec la méthode rigoureuse qui lui était propre, les catalogues raisonnés des œuvres lithographiques de Jean-Baptiste Isabey, Jules Dupré, Paul Huet, N. Diaz, Camille Roqueplan, John Lewis Brown, Fantin-Latour.*

Le catalogue que Germain Hédiard a donné de l'œuvre de Fantin-Latour, restera en quelque sorte le modèle du genre, par la precision et la netteté apportées dans toutes les indications, où rien n'est laissé dans le vague, mais au contraire déterminé avec une conscience qu'on ne saurait dépasser, ni même souvent atteindre.

D'autres travaux (2) *étaient terminés ou près de l'être, quand la mort est venue surprendre le savant iconographe; parmi ces travaux, citons une importante biographie d'Eugène Isabey et le catalogue de son œuvre lithographié; le catalogue de l'œuvre d'Hervier, puis un remaniement de son Fantin-Latour, presque définitif et qui devait englober à la fois l'œuvre peint, dessiné et lithographié du maître disparu; il est à souhaiter vivement que ces œuvres voient le jour, car elles ont leur place marquée à l'avance dans les bibliothèques d'art.*

Nous ne mentionnerons pas ici les pièces importantes recueillies par Hédiard au cours de ses recherches, pendant vingt ans, le catalogue les indique; contentons-nous seulement d'appeler l'attention des amateurs sur l'œuvre exceptionnel de Fantin, sans conteste l'un des plus beaux connus et qui montre éloquemment l'estime réciproque du maître et de son biographe.

Cet œuvre exceptionnel est comme l'apothéose de la lithographie de la fin du XIXe *siècle, dont il est l'un des plus beaux et des plus glorieux fleurons; et, s'il est un regret à exprimer, n'est-ce pas celui de ne pas voir Fantin-Latour assister, vivant, à cette apothéose qu'il méritait?*

Loys D.

(1) *Ces monographies publiées d'abord dans l'*Artiste, *ont été rééditées par M. Edm. Sagot.*

(2) *Mentionnons encore une étude sur « Les Procédés sur verre » (Gazette des Beaux-Arts, 1903).*

N° 47 du Catalogue.

N° 48 du Catalogue

N° 39 du Catalogue.

Nº 21 du Catalogue.

N° 1 du Catalogue.

DÉSIGNATION

1. — Les Brodeuses, 1862 (G. Hédiard 4). Superbe épreuve sur chine volant, avec *dédicace, signée*. De toute rareté. Tirée à 5 ou 6 épreuves.

2. — A la mémoire de Robert Schumann, août 1875, (5). Très belle épreuve du 2e état.

3. — La Fée des Alpes, 1re planche (6). Superbe épreuve du 2e état. *Signée.*

4. — L'Anniversaire (7). Superbe épreuve du 2e état, avec *dédicace, signée.*

5. — Scène première du Rheingold (8). Très belle épreuve du 2e état, *signée.*

6. — Tannhœuser — Venusberg (9). Superbe et très rare épreuve du 1er état, *signée.*

7. — Duo des Troyens, 1re planche (10). Très belle épreuve du 2e état, avec *dédicace*, *signée.*

8. — Le Musicien (13). Superbe épreuve, *signée.* Rare.

9. — L'Étoile du Soir, 1re planche (16). Superbe épreuve, *signée.* Rare.

10. — Le Génie de l'Air (17). Très belle et fort rare épreuve du 1er état.

11. — Finale du Rheingold (18). Superbe épreuve du 3e état, *signée.*

12. — Rinaldo, 2e planche 1878 (19). Très belle épreuve du 2e état, *signée.*

13. — Evocation d'Erda, 1re planche (20). Très belle épreuve du 2e état, *signée.*

14. — Manfred (21). Très belle épreuve du 2e état.

15. — La même pièce. Quatre très belles épreuves du même état.

16. — La même pièce. Quatre très belles épreuves du même état.

17. — Duo des Troyens, 2e planche (22). Superbe et très rare épreuve du 1er état, *signée.*

18. — Début de la Valkure (23). Très belle épreuve du 2e état, *signée.*

19. — Finale de la Valkure (24). Très belle épreuve du 2e état, *signée.*

20. — L'Étoile du Soir, 2e planche (25). Superbe épreuve du 2e état, *signée.*

21. — Bouquet de roses, 1879 (26). Superbe épreuve du 2e état, *signée.*

22. — Baigneuse, de dos (27). Très belle et très rare épreuve du 1er état, avec *dédicace*, *signée.*

23. — Poèmes d'Amour, 1re planche (29). Belle épreuve. Très rare.

24. — Gœtterdaemmerung; Siegfried et les Filles du Rhin, 1re planche (31). Très belle épreuve du 2e état, *signée*.

25. — Une mélodie de Schumann (32). Superbe et très rare épreuve du 1er état, *signée*.

26. — Manfred et Astarté, 2e planche (34). Belle épreuve, *signée*.

27. — L'Enfance du Christ, 2e planche (36). Belle épreuve du 2e état.

28. — Baigneuses, 1re grande planche (37). Très belle épreuve du 2e état, *signée*.

29. — Baigneuses, 2e grande planche (38). Très belle et très rare épreuve du 1er état, *signée*.

30. — Solitude (40). Superbe et fort rare épreuve du 1er état, *signée*.

31. — Evocation de Kundry, 1re planche (42). Très belle épreuve du 2e état, *signée*.

32. — Evocation de Kundry, 2e planche (43). Superbe épreuve du 2e état, sur japon, avec *dédicace*, *signée*.

33. — Sara la Baigneuse, 1re planche (44). Très belle et très rare épreuve du 1er état, avec *dédicace*, *signée*.

34. — Le Poète et la Muse (45). Superbe épreuve du 2e état, avec *dédicace*, *signée*.

35. — Musique et Poésie, 1883 (46). Superbe épreuve du 2e état, *signée*.

36. — L'Etoile du Soir, 3e planche (48). Très belle épreuve du 2e état, *signée*.

37. — Harold: Dans les Montagnes (49). Très belle épreuve du 2e état, *signée*.

38. — Le Paradis et la Peri (50). Superbe et très rare épreuve du 1er état, avec *dédicace*, *signée*.

39. — Gœtterdœmmerung : Siegfried et les Filles du Rhin, 2e planche (51). Superbe épreuve du 2e état, *signée*.

40\. — Italie ! (52). Superbe épreuve du 2ᵉ état, *signée.*

41\. — Finale du Vaisseau Fantôme, 1ʳᵉ planche (53). Superbe épreuve avec *dédicace, signée.* Très rare.

42\. — Evocation d'Erda, 2ᵉ planche (54). Superbe épreuve du 2ᵉ état, *signée.*

43\. — La Fée des Alpes, 2ᵉ planche (55). Superbe épreuve du 2ᵉ état, *signée.*

44\. — Frontispice : Vérité (56). Superbe épreuve du 2ᵉ état, avec *dédicace, signée.*

45\. — La même pièce. Très belle épreuve sur papier bleu, couverture.

46\. — Evocation d'Erda, 3ᵉ planche (57). Très belle et rare épreuve d'essai, avec *dédicace, signée.*

47\. — Poèmes d'Amour, 2ᵉ planche (58). Superbe épreuve du 2ᵉ état, *signée.*

48\. — Parsifal et les Filles-Fleurs (59). Superbe épreuve du 2ᵉ état, avec *dédicace, signée.*

49\. — Finale du Vaisseau-Fantôme (60). Superbe épreuve du 2ᵉ état, *signée.*

50\. — Compositions pour le *Richard Wagner* et le *Berlioz*, d'Ad. Jullien (64, 65, 66, 71, 76, 78, 79, 81, 83). Dix pièces. Belles épreuves.

51\. — Religions et religion (91). Très belle épreuve du 2ᵉ état, *signée.*

52\. — A Victor Hugo (92). Superbe et très rare épreuve du 1ᵉʳ état, sur japon, *signée.*

53\. — A Eugène Delacroix (93). Superbe épreuve du 2ᵉ état, *signée.*

54\. — La Gloire (94). Superbe épreuve du 2ᵉ état, *signée.*

55\. — Hélène (95). Superbe épreuve du 2ᵉ état, *signée.* Rare.

56\. — La Liberté (96). Très belle épreuve, *signée.*

N° 59 du Catalogue.

N° 53 du Catalogue.

57. — Le Mage Balthazar et Fatime (97). Très belle épreuve du 4ᵉ état, avec *dédicace*.

58. — L'Amour désarmé, 2ᵉ planche (98). Superbe épreuve avec *dédicace*, *signée*. Rare.

59. — Sara la Baigneuse, 2ᵉ planche (99). Superbe épreuve du 2ᵉ état, avec *dédicace*, *signée*.

60. — Finale de la Gœtterdœmmerung (100). Superbe épreuve, avec *dédicace*, *signée*. Rare.

61. — Vénus et l'Amour (101). Superbe épreuve du 1ᵉʳ état, *signée*.

62. — La même pièce. Très belle épreuve du 2ᵉ état.

63. — La même pièce retouchée. Très belle épreuve, *signée*.

64. — La même pièce. Treize belles épreuves.

65. — Portrait d'Edwin Edwards (102). Très belle épreuve, *signée*.

66. — Portrait de Fantin à dix-sept ans (104). Quinze très belles épreuves sur chine volant.

67. — Le même portrait. Quinze très belles épreuves sur chine fixé.

68. — A Stendhal (105). Superbe et fort rare épreuve du 1ᵉʳ état, *signée*.

69. — Inspiration (106). Superbe et très rare épreuve du 1ᵉʳ état, *signée*.

70. — Mansfred et Astarté, 3ᵉ planche (107). Superbe et très rare épreuve du 1ᵉʳ état, avec *dédicace*, *signée*.

71. — La même pièce. Superbe épreuve du 2ᵉ état, avec *dédicace*, *signée*.

72. — A Robert Schumann, 1ʳᵉ planche (108). Superbe épreuve avec *dédicace*, *signée*. Très rare.

73. — A Robert Schumann, 2ᵉ planche (109). Superbe épreuve avec *dédicace*, *signée*. Rare.

74. — La Tentation de St Antoine (110). Superbe et fort rare épreuve du 1er état, avec *dédicace, signée.*

75. — La même pièce. Superbe épreuve du 2e état, avec *dédicace, signée.*

76. — Le Paradis et la Peri. Finale (111). Superbe et fort rare épreuve du 1er état, avec *dédicace, signée.*

77. — La même pièce. Superbe et très rare épreuve du 2e état, avec *dédicace, signée.*

78. — La même pièce. Superbe epreuve du 3e état, *signée.*

79. — Poèmes d'Amour, 2e planche (112). Superbe et rarissime épreuve du 1er état, *signée.*

80. — La même pièce. Superbe épreuve du même état, *signée.*

81. — La même pièce. Superbe et très rare épreuve du 2e état, sur japon pelure, avec *dédicace, signée.*

82. — La même pièce. Superbe et très rare épreuve du même état, sur chine bleuté, *signée.*

83 — Déposition de Croix (113). Superbe et rarissime épreuve du 1er état, *signée.*

84. — La même estampe. Superbe épreuve du 2e état, sur japon pelure, avec *dédicace, signée.*

85. — La même estampe. Superbe épreuve du même état sur chine fixé, *signée.*

86. — La même estampe. Superbe épreuve du même état, sur chine bleuté, *signée.*

87. — Ballet des Troyens (114). Superbe et très rare épreuve du 1er état, *signée.*

88. — La même estampe. Superbe épreuve d'essai du 2e état, *signée.*

89. — La même estampe. Superbe épreuve du 2e état, *signée.*

90. — Le Paradis et la Peri. Début (2e planche) (115). Superbe et rarissime épreuve du 1er état, avec *dédicace*, *signée*.

91. — La même pièce. Superbe et fort rare épreuve du 2e état, avec *dédicace*, *signée*.

92. — Duo des Troyens, 5e planche (116). Superbe et fort rare épreuve du 1er état, *signée*.

93. — La même pièce. Superbe et très rare épreuve du 2e état, avec *dédicace*, *signée*.

94. — La même pièce. Superbe épreuve du 3e état, avec *dédicace*, *signée*.

95. — Duo des Troyens, 6e planche (117). Superbe et rarissime épreuve du 1er état, avec *dédicace*, *signée*.

96. — La même pièce. Superbe et très rare épreuve du 2e état, avec *dédicace*, *signée*.

97. — La même pièce. Superbe et très rare épreuve 3e état, avec *dédicace*, *signée*.

98. — Sémiramide (118). Superbe et rarissime épreuve du 1er état, avec *dédicace*, *signée*.

99. — La même pièce. Très belle épreuve du même état, sur chine volant.

100. — La même pièce. Superbe épreuve du 2e état, avec *dédicace*, *signée*.

101. — Dernière thème de R. Schumann (119). Superbe et rarissime épreuve du 1er état, avec *dédicace*, *signée*.

102. — La même pièce. Superbe épreuve du 2e état, avec *dédicace*, *signée*.

103. — A Berlioz, petite planche (120). Très belle et très rare épreuve du 2e état, avec *dédicace*, *signée*.

104. — Inspiration, 2e planche (121). Superbe épreuve sur japon, avec *dédicace*, *signée*.

105. — La même pièce. Superbe épreuve avec *dédicace*, *signée*.

106. — Vision (122). Très belle et rarissime épreuve du 1er état (tiré à 2 épreuves), avec *dédicace, signée.*

107. — Les Brodeuses, 2e planche (123). Superbe et fort rare épreuve d'essai, avec *dédicace.*

108. — Vénus et l'Amour, 2e planche (124). Très belle et rarissime épreuve du 1er état, *signée.*

109. — La même pièce. Très belle épreuve du 2e état, *signée.*

110. — Baigneuses, moyenne planche (125). Superbe épreuve sur japon, avec *dédicace, signée.*

111. — La même pièce. Superbe épreuve sur chine, avec *dédicace, signée.*

112. — La même pièce. Très belle épreuve.

113. — Ève (126). Superbe et rarissime épreuve du 1er état, avec *dédicace, signée.*

114. — La même pièce. Superbe épreuve du 2e état, sur chine fixé, avec *dédicace, signée.*

115. — La même pièce. Superbe épreuve du 3e état, sur chine volant, avec *dédicace, signée.*

116. — Pastorale (127). Superbe et rarissime épreuve du 1er état, avec *dédicace, signée.*

117. — La même pièce. Superbe épreuve du 2e état, avec *dédicace, signée.*

118. — Baigneuses, 3e grande planche (128). Superbe et fort rare épreuve du 1er état, avec *dédicace, signée.*

119. — La même pièce. Superbe épreuve du 2e état, avec *dédicace, signée.*

120. — Ondine (129). Très belle épreuve, *signée.*

121. — Baigneuse debout, 2e planche (130). Superbe et très rare épreuve du 2e état, avec *dédicace, signée.*

122. — Vénus et l'Amour, grande planche (131). Superbe et rarissime épreuve du 1er état, *signée.*

123. — La même pièce. Superbe épreuve du 2e état, avec *dédicace, signée.*

124. — A Berlioz, grande planche (132). Superbe épreuve.

125. — Etude de femme assise, vue de dos (133). Très belle et rare épreuve d'essai, avec *dédicace, signée.*

126. — Étude de femme couchée au devant d'un rideau (134). Superbe et très rare épreuve du 2e état, avec *dédicace, signée.*

127. — La même pièce. Très belle épreuve du même état avec *dédicace, signée.*

128. — Étude de femme couchée au bord d'un bassin (135). Superbe et fort rare épreuve, avec *dédicace, signée.*

129. — La Lecture (136). Trois belles épreuves du 1er état, sur japon, chine volant et chine collé.

130. — La même pièce. Quatre très belles épreuves du même état.

131. — La même pièce. Onze très belles épreuves du 2e état.

132. — Baigneuses, 4e grande planche (138). Superbe et très rare épreuve du 1er état, avec *dédicace, signée.*

133. — La Source dans les Bois (139). Très belle épreuve du 3e état.

134. — Danses (140). Très belle et fort rare épreuve du 1er état, avec *dédicace, signée.*

135. — La même pièce. Très belle épreuve du 3e état.

136. — Gœtterdaemmerung : Siegfried et les Filles du Rhin, 4e planche (141). Superbe épreuve du 2e état, *signée.*

137. — La même pièce. Très belle épreuve du même état.

138. — Evocation de Kundry, 4e planche (142). Très belle épreuve.

139. — Les Brodeuses, 3e planche (143). Superbe épreuve d'essai, avec *dédicace, signée*.

140. — Vénus Anadyomene (144). Superbe et fort rare épreuve du 2e état, avec *dédicace, signée*.

141. — La même pièce. Très belle épreuve du 4e état.

142. — A J. Brahms (145). Superbe épreuve avec *dédicace, signée*. Très rare.

143. — Prélude de Lohengrin, 2e planche (146). Très belle épreuve.

144. — Etude pour l'Ève (147). Superbe et fort rare épreuve du 1er état, avec *dédicace, signée*.

145. — La même pièce. Superbe épreuve du 2e état, *signée*.

146. — Etude de femme couchée dans un paysage (148 du catalogue *manuscrit*). Belle épreuve.

147. — Baigneuses, 2e moyenne planche (149). Superbe et très rare épreuve d'essai, avec *dédicace, signée*.

148. — Etude de femme assise de profil à droite (150). Superbe et très rare épreuve du 1er état, avec les *trois croquis*, avec *dédicace*.

149. — La même pièce. Deux épreuves, dont une avec *dédicace, signée*.

150. — Maléfice, 1899 (151). Superbe et très rare épreuve d'essai, avec *dédicace, signée*.

151. — La même pièce. Superbe épreuve du 2e état, avec *dédicace, signée*.

152. Baigneuse debout, 3e planche (152). Superbe et très rare épreuve du 1er état, avec *dédicace, signée*.

153. — A Johannes Brahms, grande planche (153). Superbe et rarissime épreuve d'essai, avec *dédicace, signée*.

154. — Ariadne (154). Superbe et très rare épreuve du 1er état, avec *dédicace, signée*.

155. — La même pièce. Superbe épreuve du 2e état, avec *dédicace, signée.*

156. — La même pièce. Superbe épreuve du même état, sur japon pelure.

157. — La même pièce. Superbe épreuve du même état, sur japon pelure, avec *dédicace, signée.*

158. — La même pièce. Très belle épreuve sur papier bleu, avec *dédicace, signée.*

159. — La même pièce. Très belle épreuve sur chine volant, *signée.*

160. — Etude de femme debout, vue de face (155). Très belle et très rare épreuve du 1er état, avec *dédicace, signée.*

161. — Vérité, petite planche (156). Très belle et très rare épreuve du 1er état, avec *dédicace, signée.*

162. — Le Paradis et la Peri, début, 3e planche (157). Superbe épreuve du 2e état, avec *dédicace, signée.*

163. — Andromède, 1901 (158). Superbe épreuve du 2e état, avec *dédicace, signée.*

164. — Rêverie (159). Superbe épreuve du 1er état, sur japon pelure, avec *dédicace, signée.*

165. — La même pièce. Superbe épreuve du même état, sur chine volant, avec *dédicace, signée.*

166. — A Rossini (160). Superbe épreuve avec *dédicace, signée.*

167. — Eau dormante, 1903 (173). Superbe et très rare épreuve d'essai, sur japon pelure, avec *dédicace, signées.*

168. — Titre pour la *Revue Musicale* (no relatif au centenaire de Berlioz) (174). Superbe et très rare épreuve d'essai, sur japon pelure, avec *dédicace, signée.*

169. — Centenaire de Berlioz, 1903 (175). Superbe épreuve d'essai, avec *dédicace, signée.*

170. — Roméo et Juliette, confidence à la nuit, 2e planche (176). Superbe et très rare épreuve du 1er état, sur japon pelure, avec *dédicace, signée.*

171. — Duo des Troyens, 7e planche (177). Superbe et très rare épreuve du 1er état, sur japon pelure, avec *dédicace, signée.*

172. — Un morceau de Schumann, chez Edwin Edwards (no 2 des eaux-fortes). Très belle épreuve du 3e état.

173. — Photographies d'après les œuvres peintes, dessinées et lithographiées du maître. Deux cents photographies.

Imp. Frazier-Soye, 153, Rue Montmartre.

N° 144 du Catalogue.

www.ingramcontent.com/pod-product-compliance
Ingram Content Group UK Ltd.
Pitfield, Milton Keynes, MK11 3LW, UK
UKHW020221180726
13838UKWH00005B/2123

9 782329 442525